ÉLOGE

DE

S. M. LOUIS XVIII,

OU

LA FRANCE DEUX FOIS SAUVÉE.

POËME EN DEUX CHANTS;

PAR M. DURAND,

INSPECTEUR DE L'ACADÉMIE D'AMIENS.

Carmina fecit amor.

CHEZ HÉNÉE, ÉDITEUR, ANCIEN LOGIS DU ROI, N° 17.

A PARIS,

CHEZ LAMY, LIBRAIRE, QUAI DES AUGUSTINS, N° 21.

++++++++++++++++++++++++

Octobre 1824. 42679

ÉLOGE

DE

S. M. LOUIS XVIII,

OU

LA FRANCE DEUX FOIS SAUVÉE,

POËME EN DEUX CHANTS;

PAR Mr DURAND,

INSPECTEUR DE L'ACADÉMIE D'AMIENS.

Carmina fecit amor.

A AMIENS,

CHEZ HÉNÉE, EDITEUR, ANCIEN LOGIS DU ROI, N° 19;

A PARIS,

CHEZ LAMY, LIBRAIRE, QUAI DES AUGUSTINS, N° 2;

ET TOUS LES MARCHANDS DE NOUVEAUTÉS.

Octobre 1824.

AVERTISSEMENT.

J'ai composé ce poëme dans le cours de l'année 1816; et j'avois alors le dessein de le publier; mais, par une réunion de circonstances, dont il seroit plus qu'inutile d'instruire le public, je ne pus le mettre au jour assez à temps pour qu'il eut le mérite de l'à-propos. C'est du moins ce que me représentèrent des amis, dont l'opinion l'emporta sur la mienne; car je pensois que la restauration, comme tout autre grand événement, qui présente un aspect poétique, peut être, à quelqu'époque que ce soit, le sujet d'un poëme, et qu'en tout temps le principal à-propos d'un tel ouvrage est dans la convenance du style et du sujet. Quoiqu'il en soit, résigné sur le malheur d'être arrivé trop tard, j'ai gardé mon ouvrage; et j'étois loin de penser, que j'eusse jamais l'occasion de m'en souvenir. Mais, si j'ose ainsi parler, quand toute la France est en deuil, il me semble que la mort du Roi a rajeuni mon sujet: c'est le moment d'honorer sa mémoire, de rendre à ses vertus un hommage solennel, de pleurer sur sa tombe, et ses propres malheurs, et ceux de son auguste famille; et j'ai cru devoir, quelque défiance que j'aie de moi-même, céder à ces consi-

dérations de respect et d'amour. La plus douce,
comme la plus noble récompense de mon travail,
celle qui eut comblé tous mes vœux, auroit été de
pouvoir l'offrir à l'Auguste Héritier du Roi législateur que j'ai tenté de célébrer. Mais, puisque ma
position me refuse le bonheur de le faire publique-
ment, du moins, au fond de mon cœur, j'ose en
faire hommage au Monarque, dont le règne com-
mence sous des auspices si heureux, et qui veut,
comme il l'a dit lui-même, paroles si douces et si
chères à tous les Français! *Continuer le règne de son
auguste Frère.*

ÉLOGE

DE S. M. LOUIS XVIII,

OU

LA FRANCE DEUX FOIS SAUVÉE.

PREMIER CHANT.

Quand des antres du Nord apportant les orages,
Les vents sont déchaînés dans le sein des nuages,
La foudre qui s'élance, et mugit dans les airs,
Sur son axe ébranlé, fait gémir l'univers,
Et glace de frayeur tous les êtres sensibles.
Mais il n'est qu'un moment pour ces crises terribles;
Et malgré ces combats, ces affreux tremblements,
Le calme s'introduit au sein des éléments;
L'horison s'éclaircit; l'atmosphère s'épure;
La Paix vient réparer le deuil de la nature;
Le soleil resplendit sur son char triomphal;
Et l'air semble exhaler son parfum matinal;
Tel, après les longs jours, où tonnoient les tempêtes,
Que le Ciel irrité fit gronder sur nos têtes,
Louis, par son retour dans sa patrie en pleurs,
Calme ce grand orage, et finit nos malheurs;

Tel il vient réparer, quand le Ciel nous l'accorde,
Les maux que si long-temps nous a faits la Discorde,
Et pour nous est enfin ce qu'après les hivers,
Est l'astre dont l'éclat rajeunit l'univers.

Il étoit encor loin des rives de la France;
Et déjà quels élans d'amour et d'espérance!
Au bord de l'horison, tous les yeux se portoient;
Du désir de le voir, tous les cœurs palpitoient;
Et tandis qu'en suspens, on attend son passage,
Pour charmer les ennuis, on rêvoit son image;
Mais, lorsqu'éclate enfin, tel que sur l'horison
Le monarque du jour, vainqueur de l'aquilon,
Le noble front du Prince, et ses traits adorables,
Où la vieillesse empreint ses traces vénérables,
Et qu'aux rives des mers, ces mots ont retenti:
C'est lui, c'est notre père, et le sang de Henri!
Oh! du peuple enchanté, qui dira l'allégresse?
Qui peindra ses transports, les vœux de sa tendresse?
Après des jours si longs de douleur et d'effroi,
Ils sont tous *affamés* de contempler un Roi;
Et d'un salut d'amour accueillant son cortége,
La foule à flots pressés, court, s'élance et l'assiége.

De quels doux sentiments ils étoient animés,
Ces cris que la terreur a vingt ans comprimés!
Ce n'est plus un soldat, l'effroi de la nature,
Sans frein dans son audace, et qu'escorte l'injure;
Ce n'est plus un troupeau de conscrits malheureux,
Le front pâle et chargé de soucis douloureux,

Qui laissant la charrue, et ployant sous les armes,
Offre à Cérès en pleurs le tribut de ses larmes,
Tandis que le démon, qui préside aux combats,
D'un sourire infernal prélude à leur trépas;
Mais c'est un peuple heureux, d'un concert unanime,
Rendant un libre hommage à son Roi légitime,
Et qui d'un œil d'amour, en l'honneur des BOURBONS,
Voit du sceptre des Lys rajeunir les fleurons;
Mais c'est un vrai monarque, un protecteur, un père;
C'est un Roi revêtu du plus saint caractère;
Qui trop grand pour s'armer d'une aveugle rigueur,
Pardonne à la foiblesse, et fait grâce à l'erreur;
Dont l'âme noble et tendre, ouverte à l'indulgence,
N'oblige au repentir qu'à force de clémence,
Et qui calmant les cœurs, en leur donnant la paix,
A pour toute vengeance apporté des bienfaits.

Du sang des citoyens, dont César fut victime,
Son fils a contristé son ombre magnanime,
Et, barbare vengeur du crime de sa mort,
Immolé la patrie aux fureurs du plus fort;
Mais notre Roi confond dans la cause commune,
Le souvenir des maux que lui fit la fortune;
Le passé, quel qu'il soit, n'existe plus pour lui;
Envain les factions chercheroient son appui:
Son âme indépendante et pure de nos haines,
Résiste au tourbillon des passions humaines;
Et tout Français rentré sous la loi du devoir,
A ses seules bontés connoîtra son pouvoir.

Eh ! qui pouvoit encore, après tant de disgraces,
Repousser le bonheur qui revient sur ses traces ,
Et, dans l'erreur funeste où nous vivions plongés ,
Se plaire à se nourrir de ses noirs préjugés ?
Ah ! de grâce, rouvrez les yeux à la lumière,
Et, par pitié pour vous, regardez en arrière :
Quel immense incendie ! Il embrâse à-la-fois
Et l'humble toit du pauvre , et le palais des rois ;
Nos tyrans cimentoient leurs honneurs adultères
Avec le sang des fils et les larmes des mères.
Alors combien de fois , le cœur gros de soupirs ,
On s'est dit , en cachant ses mortels déplaisirs :
Qu'il est dur et cruel, le règne des esclaves
Dont l'aveugle fortune a brisé les entraves !
Sous le faix des honneurs, dans l'effroi des revers,
Insolents pour masquer la trace de leurs fers ,
Et croyant se grandir à force d'arrogance ,
Ils frappent pour frapper, pour marquer leur puissance ;
Et leur farouche orgueil s'abandonne à l'espoir
D'échapper au mépris par l'abus du pouvoir.

Nous avions asservi des nations lointaines ;
Ici, nous gémissions sous le poids de nos chaînes ;
Les tyrans nous courboient sous un sceptre d'airain ;
Mais toi, Prince, quel roi fut jamais plus humain ?
Ils commandoient le meurtre , et tu donnes la vie ;
Les cruels épuisoient l'opulence asservie ,
Et du pauvre , tes dons consolent les douleurs.
Ils forçoient à gémir , et tu taris nos pleurs.

Le monde, ils l'ébranloient sous le char de la guerre,
Et tu rends l'équilibre et le calme à la terre.

O combien ton retour va changer notre sort!
Le malheur en tous lieux s'enfuit à ton abord;
Nul ne souffre en ton nom; nul ne meurt par tes ordres;
Sans craindre les bourreaux, nous pleurons nos désordres;
L'honneur n'est plus réduit à fuir dans les déserts;
L'Espérance adoucit le chagrin des revers;
Un vif et doux éclat, sous tes lois paternelles,
Ranime nos cités et resplendit sur elles;
La Vertu, que voiloit le deuil de la douleur,
Lève un front qui sourit à l'espoir du bonheur;
La mère ne craint plus qu'une main forcenée
Lui ravisse les fruits de son chaste hymenée;
Et le père à son fils, que toisoit un bourreau,
Ne dit plus en pleurant : j'irai seul au tombeau!
Non, plus de lois de mort, où, prodigue de crimes,
La guerre sans pitié désignoit ses victimes;
Où sa rage immoloit, sous le fer des combats,
La fleur de nos enfants, transformés en soldats;
Où par d'affreux calculs, par un tarif impie,
Elle avoit, à prix d'or, évalué la vie;
Où le monstre, indigné de trouver des absents,
Escomptoit ses fureurs sur leurs tristes parents,
Et, pour un fils infirme ou mort à la lumière,
Condamnoit l'indigence à vendre sa chaumière.

La Justice muette a retrouvé la voix;
Le crime s'intimide, et tremble au nom des lois;

Et c'est à ton exemple, à ses lueurs célestes,
Qu'enfin nous abjurons nos discordes funestes.
Point de vertu sans ombre? Injurieuse erreur!
La tienne est sans foiblesse au sein de la grandeur.
L'Orgueil, cortége ingrat des vertus les plus belles,
Leur laisse dans tes traits leurs grâces naturelles;
Et leur éclat sur nous semble émané des cieux,
Pour toucher tous les cœurs et charmer tous les yeux.
C'est le talent timide, et tremblant sur l'arène,
Que daigne encourager ta bonté souveraine.
Qu'importe à ta raison la nuit de son berceau?
La gloire est à tes yeux le titre le plus beau;
Et sur-tout la vertu, qui s'offre à ton estime,
A les droits les plus saints sur ton cœur magnanime.
O jour trois fois heureux, dont toi seul est l'auteur!
Nous sortirons plus purs des creusets du malheur.
Oui, par toi, tout va prendre une face nouvelle;
Tout cœur sera par toi confiant et fidèle;
Tu vas, par ta sagesse, au culte de l'honneur,
Rendre son lustre antique et sa noble candeur;
Imposer à la gloire, en ses routes sublimes,
Sans nuire à son essor, des bornes légitimes;
Et des esprits sans frein, des cœurs ambitieux,
Soumettre au joug des lois le vol audacieux.

Ce sont les passions qui perdent les empires;
Nous avons épuisé leurs coupables délires.
Mais, hélas! dans quel temps leur funeste ressort,
Prêtant sa force aveugle aux caprices du sort,

N'a-t'il pas conduit l'homme au comble des disgraces ?
L'empreinte du malheur est partout sur ses traces ;
Et la terre pour lui n'est qu'un vaste cercueil ,
Où tombe son audace, où s'éteint son orgueil :
A peine on se souvient des splendeurs de Palmire ;
Byzance est un géant où la nature expire ;
Carthage a disparu sous le poids des revers ;
Rome, après tant d'éclat, s'éteint dans les déserts ;
Babylone, Ecbatane, Argos, Corinthe, Athènes,
Sidon, Tyr et Memphis, ces cités souveraines,
N'ont de tant de splendeur entouré leur berceau ,
Que pour s'ensevelir dans la nuit du tombeau.
J'entends sur les débris d'Ilion qui succombe ,
L'épouse de son roi, descendu dans la tombe ,
Les yeux noyés de pleurs, et secouant ses fers ,
De ce cri solennel effrayer l'univers :
Vous, dont le front superbe est ceint du diadême ,
Mortels, qui vous fiez à la grandeur suprême,
Et sans craindre du sort l'inconstante faveur ,
Pensez finir vos jours dans le sein du bonheur ,
Que votre œil ébloui me contemple, qu'il voie
Et les chaînes d'Hécube et les flammes de Troie.

O combien du pouvoir l'édifice imposant ,
Quelqu'éclat qui l'entoure, est voisin du néant !
Que de rois enivrés du parfum des hommages,
Et dormant sous un ciel qui semblait sans nuages ,
Qu'un tonnerre imprévu, devançant leur réveil ,
A soudain foudroyés dans les bras du sommeil !

2

C'est vainement qu'ils sont les maîtres de la terre ;
Que leur bras est armé des foudres de la guerre ;
Le trône est un écueil, et s'il produit des fleurs,
Quels sucs amers cachés sous l'éclat des couleurs !
Sur un si haut degré dans l'échelle des êtres,
Ils semblent n'hériter de leurs nobles ancêtres ,
Que des droits aux rigueurs d'un destin plus cruel.
Ah ! cent fois plus heureux est le simple mortel,
Qui, du temple écarté de la philosophie,
Fixe d'un œil serein les scènes de la vie,
Et dans son sort modeste affermissant son cœur,
Sans chercher la fortune, et briquer sa faveur,
Vit libre des soucis, qui, sous l'or et la soie,
Vont des grands de la terre empoisonner la joie !
S'il n'a point des plafonds brillants d'or et d'azur ;
Si sa coupe n'est pas du cristal le plus pur ;
Si dans des vases d'or, à sa table frugale,
Le nard n'exale point sa sève orientale ;
Si les sons de la lyre, et les chants, et les vers,
Ne forment pas pour lui d'harmonieux concerts ;
Si l'art de Polyclète et le pinceau d'Apelle,
N'offrent pas à ses yeux leur pompe fraternelle ;
Au lieu de ce vain luxe, inutile au bonheur,
Il jouit en tout temps du calme de son cœur,
Et quel destin plus doux, qu'il ne doit qu'à lui-même ?
C'est la vertu qui fait sa volupté suprême.

Ce calme d'un bonheur, à nul autre pareil,
Aussi pur qu'un rayon détaché du soleil,

Il étoit fait pour vous, pour votre âme sublime ;
Et du destin des rois vous fûtes la victime !
Mais aussi quel amour et quel tendre respect,
Quel concert d'allégresse éclate à votre aspect !
Telle que présidant à l'hymen de sa fille,
Le cœur ivre d'amour, la mère de famille,
En attendant l'époux qu'elle va lui donner,
Veut la rendre plus belle et s'empresse à l'orner ;
O pur sang de nos Rois, tel, paré pour vous plaire,
Pour fêter le retour d'un monarque et d'un père,
Paris est enchanté d'offrir à vos regards
Ses nouveaux monuments, ses chefs-d'œuvre des arts ;
Comme si ces trésors, vous eussiez dû les croire,
Pour vous toucher un jour, conquis par la victoire,
Ou créés tout exprès, pendant vos longs malheurs,
Pour expier nos torts, et charmer vos douleurs.

En des temps plus heureux, si nos pieux ancêtres
Ont jadis célébré le retour de leurs maîtres,
Et par des flots d'encens, par des dons solennels,
Ont d'un Dieu protecteur honoré les autels,
Que ne devons-nous pas au Dieu qui nous pardonne,
Qui conserva Louis, qui lui rend sa couronne,
Qui, du crime vainqueur, vengeant la royauté,
Brisa de nos tyrans le sceptre ensanglanté,
Et dans Paris enfin, qu'il console et ranime,
Fait voir les traits d'un père et d'un roi légitime ?
Mais suivons de Louis les pas religieux :
Au Dieu maître des rois, le monarque pieux,

Même avant de revoir le palais de ses pères,
Va porter son hommage et ses humbles prières.
Humilité sublime ! auguste abaissement !
Dieu, des grandeurs de l'homme est le seul fondement;
Et les plus puissants rois, s'il ne soutient leur tête,
Ne sont que des roseaux, jouets de la tempête.

HÉLAS ! tel fut Louis en butte aux traits du sort ;
Combien d'objets sacrés que lui ravit la mort !
Il vit son trône auguste usurpé par des traîtres,
Et le crime investi des droits de ses ancêtres.
Le bruit de ses malheurs remplissoit l'univers;
Nous n'osions plus attendre un terme à ses revers;
Les méchants triomphoient; et le cours des années
S'achevoit sans changer ses tristes destinées,
Et sans cesse éloignant l'objet de notre amour,
Glaçoit dans tous les cœurs l'espoir de son retour.
Mais le Ciel, tout à coup, sur l'écueil du naufrage,
Relevant son vaisseau renversé par l'orage,
Fait taire la tempête, et permet à Louis
D'y déployer enfin la bannière des Lys.

DES bornes de la ville aux portiques du Louvre,
A mes yeux enchantés, quel tableau se découvre !
Pareil aux flots des mers, tout un peuple enivré,
Pour voir un Souverain si long-temps désiré,
Environne son char, ou, loin de sa présence,
Exprime en traits de feu sa vive impatience;
Tandis que, des maisons et du sommet des toits,
Volent des vœux d'amour sur le Fils de nos Rois,

Pour connoître ses traits, quels élans d'allégresse,
Au travers de la foule emportent la jeunesse !
Mais ceux qui l'ont connu, quel feu dans leur essor !
Quel vif empressement de le revoir encor !
La mère avec transport le signale à sa fille ;
Et pleurant de tendresse au sein de sa famille,
Le vieillard s'applaudit d'avoir assez vécu,
Pour voir un Roi sans garde, et fort de sa vertu,
Quand la révolte encore est à peine assoupie,
Sur la foi de son cœur, sans crainte pour sa vie,
D'un front calme et serein, revenir dans nos rangs,
Comme un père en voyage au sein de ses enfants.

Enfin, Louis heureux du bonheur qu'il inspire,
Se livre tout entier au soin de son empire ;
Bientôt sa volonté rassemble le sénat :
Il s'agit de régler la forme de l'état,
Et, par des soins savants, par de sages mesures,
De calmer la douleur de ses longues blessures.
Alors quelle sagesse éclate en ses desseins !
De quels traits lumineux ses discours sont empreints !
La simple vérité s'explique par sa bouche ;
C'est par son charme seul, qu'il éclaire et qu'il touche.
Le noble et saint respect qu'il montre pour les lois,
Ajoute à l'ascendant des oracles des rois ;
Et jamais la raison, unie au rang suprême,
N'a jeté tant d'éclat sous l'or du diadême.
Le vaisseau de l'état, battu par l'ouragan,
Vers le calme du port a repris son élan ;

Le ciel est sans courroux ; et le bruit des tempêtes,
Appaisé par degrés, expire sur nos têtes ;
Un nouveau pacte unit et la France et ses Rois,
Par des rapports plus sûrs et des nœuds plus étroits.
Louis, des droits du trône, a fixé la limite ;
Des Français, sur les lois, il consulte l'élite ;
Leur auguste union rend plus saint son pouvoir ;
Leur accord ennoblit la règle du devoir ;
Et sœur de la Vertu, sous un Roi légitime,
Enfin la Liberté lève un front magnanime.

Aussi nous croyons tous, ô Fils de Saint-Louis,
Que le Ciel par ta voix nous dicte ses avis,
Et qu'il souffle en ton cœur cet esprit de sagesse
Qui sauve les états dans leurs jours de détresse.
Ta présence est pour nous ce cercle radieux
Qui brille après l'orage à la voûte des cieux,
Et par les traits divers de sa lueur si pure,
Des fureurs du midi, console la nature.
Où vas-tu, qu'aussitôt d'unanimes accords
Ne fassent du bonheur éclater les transports,
Et qu'un peuple empressé, dans la plus douce ivresse,
Ne t'offre avec respect les vœux de sa tendresse ?
Et quel sublime échange, entre le peuple et toi,
Du culte des sujets et du cœur d'un bon Roi,
Dans ces moments si doux où la foule idolâtre,
Oubliant sous tes yeux les pompes du théâtre,
Te voit, lui souriant par un tendre retour,
Répondre à ses transports par des saluts d'amour ;

Tandis qu'associée à ce concert d'hommage,
La foule du dehors s'adresse à ton image,
Et par des cris de joie, interprêtes du cœur,
Fait au loin retentir les accents du bonheur!
Noble et sainte union! ô divine harmonie!
Heureux qui vous peindra des pinceaux du génie!
Et malheur au mortel, à l'homme au cœur d'airain,
Qui verroit ce tableau d'un œil sombre et chagrin!

MAIS il est d'autres vœux, d'autres soins pour son âme :
Louis, que sur le trône, un feu céleste enflamme,
Au fond de son palais, dans les ombres du soir,
Tout plein de nos malheurs, et brûlant d'y pourvoir,
Près d'un autel secret, où son malheureux frère,
Aux jours de ses douleurs, consoloit sa misère,
Louis, prioit le Dieu par qui règnent les rois,
De rattacher nos cœurs au joug sacré des lois,
De rendre à la Vertu, puissance tutélaire,
Sa sainte autorité, son pouvoir salutaire,
Et, par le chaste accord de la gloire et des mœurs,
Au trône des BOURBONS, ses antiques splendeurs,
Quand la Religion, des astres descendue,
Dans un arc lumineux vient s'offrir à sa vue.

SES traits ne sont pas ceux qu'en de sombres tableaux,
L'erreur traça souvent de ses grossiers pinceaux.
L'œil humide de pleurs, la Pitié suit sa trace;
Sur ses pas sont toujours la candeur et la grace;
Elle est grave sans faste; et son noble maintien
S'affermit sur la Foi, qui lui sert de soutien.

Sur son auguste front , la Pudeur a son siège ;
Et son mantean modeste est plus blanc que la neige.
Un chaste et saint amour resplendit dans ses yeux ;
Elle efface l'éclat du pur flambeau des cieux.
Tout s'anime aux rayons de sa clarté féconde ;
Dieu l'enfanta lui-même aux premiers jours du monde ;
Tout en elle est divin ; et jamais un mortel
N'eut cet air de grandeur , et ce port solennel.
Elle échappe à l'orgueil ; mais la Vierge céleste
Se révèle aisément au cœur simple et modeste.
Sa beauté seule attire à la loi du devoir ;
Sur ces traits immortels , le temps est sans pouvoir.
C'est par elle que l'homme , affranchi des ténèbres ,
Qui couvrent son berceau de leurs ombres funèbres ,
Des douteuses lueurs de sa foible raison ,
Étend la sphère étroite , agrandit l'horison.
Son pouvoir libre et pur des passions humaines ,
A ses heureux sujets fait adorer ses chaînes ;
C'est lui qui les unit par des nœuds fraternels ;
Son cœur dans son amour confond tous les mortels ;
Et la terre eut du ciel été déja l'image ,
Si nous savions lui rendre un chaste et pur hommage ;
Si toujours attentifs à ses saintes lueurs ,
Nous écoutions sa voix , qui parle dans nos cœurs ,
Et qui partout présente à la nature humaine ,
Sans cesse nous rappelle à sa loi souveraine.

J'ai vu long-temps , dit-elle , avec un long soupir ,
La France , avec amour , à mes lois obéir.

Mais, depuis ses beaux jours, quel deuil, quelle souffrance !
L'impiété triomphe, et ravit ma puissance.
Quel siècle ! Quels excès de licence et d'orgueil !
La vertu sans support lutte envain sur l'écueil.
Un monstre, sans rival, veut régner sur la terre;
C'est surtout contre Dieu que rugit sa colère.
Du haut de son audace, il a proscrit les rois ;
Législateur sans frein, il confond tous les droits,
Et se couvrant du nom de la vertu qu'il brave,
Décide en souverain sur les mœurs qu'il déprave:
Pour corrompre les Cours, quels poisons il répand!
Dans le crime qu'il blâme, il excuse un penchant.
Voulez-vous son aveu pour d'infâmes caprices ?
Philosophe éloquent en faveur de vos vices,
Il sait vous arracher à la loi du rémords,
Et de l'homme à son Dieu détruit tous les rapports;
Oui, j'ai vu sa fureur s'attaquant à Dieu même,
Lui laisser à regret le nom d'Être suprême,
Et pour commander seule à ce triste univers,
Exilant la raison dans les temples déserts,
N'assurer d'autre asyle au malheur qui succombe,
Que l'horrible repos du néant de la tombe.
Tout cède à son audace; et les nœuds les plus saints
Sont foulés à ses pieds, ou brisés par ses mains.
Là, d'augustes débris, quel horrible mélange!
Le sceptre de cent rois disparu dans la fange;
Les plus grands des mortels livrés aux échafauds;
La loi mettant sa gloire à lasser les bourreaux;
Et d'un culte barbare orateurs fanatiques,
Un sénat régicide, assassins politiques,

3

Que la terreur transporte, au gré de leur vouloir,
De la fange du crime au faîte du pouvoir.
Fermez le gouffre immense, ouvert par tant d'orages ;
Empressez-vous, ô Roi, d'expier mes outrages ;
Car l'enfer est partout où mon culte n'est pas.
Faites-le refleurir au sein de vos états ;
Que j'y doive à vos soins un noble et sur asyle ;
Et toujours chère aux champs, en honneur à la ville,
Puissé-je désormais faire, ainsi qu'autre fois,
Et la vertu du peuple, et la force des rois.
Dans l'intérêt de tous, rendez-moi ma puissance ;
Consacrez par mes mains le bonheur de la France ;
Renouez avec moi le fil mystérieux,
Par qui j'unis ensemble et la terre et les cieux ;
Aux droits sacrés du trône associez ma gloire ;
C'est par eux qu'il vous faut assurer ma victoire ;
Et, par leur saint accord, régénérant les mœurs,
Dans le respect des lois réunir tous les cœurs.

A ces mots, dans la nue, un bruit sourd et funeste
Fait frémir et Louis et la Vierge céleste,
Qui, prenant son essor, et, d'un front consterné,
Saluant le monarque à ses pieds prosterné,
Au travers de la nuit, qui pour elle est sans voiles,
S'élance et disparoît au séjour des étoiles.
Malheureuse de voir que le jour des pardons
N'assuroit pas encor le salut des Bourbons,
Dans les déserts du Ciel, plaintive et tendre mère,
Elle va se nourrir de sa tristesse amère,
Et prier le Très-Haut d'écarter les malheurs,
Qu'à son cœur maternel présagent ses douleurs.

FIN DU PREMIER CHANT.

SECOND CHANT.

Rentré sous l'horison, le Dieu de la lumière
Avoit depuis long-temps terminé sa carrière;
Les Heures voyageoient sur le char de la nuit,
Tandis qu'à la clarté des rayons qu'il produit,
Heureux dans l'avenir du bonheur de la France,
Mon cœur, sous un Ciel pur, s'enivrait d'espérance,
Je vis l'astre des nuits, sur son disque argenté,
Etendre tout à coup un crêpe ensanglanté,
Et le Ciel, disparu sous des voiles funèbres,
Plonger tous les objets dans l'horreur des ténèbres.
Un vent impétueux bouleversoit les airs;
Dans leur noire épaisseur, luisoient seuls les éclairs.
Le bruit sourd et lointain de la voix des orages,
Le choc des élémens dans le sein des nuages,
La terre, sous mes pas, qui semble s'entr'ouvrir,
Le vaste et sombre effroi dont je l'entends gémir,
Ces sinistres clartés, ces lueurs inégales,
Que le Ciel en grondant lance par intervales,
Tout prête à ce spectacle une profonde horreur,
Qui glace tout mon sang, ramassé sur mon cœur.

Semblable au nautonnier vaincu par la tempête,
Aux arrêts du destin j'abandonnois la tête,

Quand du sein de la nue, à la lueur des feux,
Qui s'élancent plus prompts de ses flancs orageux,
Un de ces purs Esprits, dont le saint ministère
Est de veiller sans cesse aux destins de la terre,
Et, des ordres de Dieu confidents éternels,
De combattre le crime, en faveur des mortels,
Descend dans le désert, où sa voix répandue
Porte un nouvel effroi dans mon âme éperdue.

Que présagent, dit-il, dans ce Ciel enflammé,
Ces feux d'un Dieu vengeur, ce tonnerre allumé ?
N'est-ce donc pas assez de tant de funérailles ?
Va-t'il régner encor, le démon des batailles ?
Quels complots il ourdit sur des bords étrangers !....
Quels fléaux il rassemble ! et quels nouveaux dangers !....
A ces mots, mille feux, et la voix des tempêtes,
Avec un bruit horrible, éclatent sur nos têtes ;
Et l'Ange de la France, au milieu des éclairs,
Ouvrant ses ailes d'or, remonte dans les airs.
Tout reste autour de moi sans forme et sans figure ;
Mais dans ce morne effroi du corps de la nature,
Oui, j'ose l'attester, oui, l'Ange du Seigneur,
De sa force céleste alors remplit mon cœur ;
A mes regards mortels, il livre l'étendue ;
Nul espace borné n'arrête plus ma vue ;
Et, grâce au feu divin dont il m'a pénétré,
Des splendeurs de l'Esprit toujours plus éclairé,
J'abandonne la terre ; à mes yeux le Ciel s'ouvre,
Et le secret de Dieu devant moi se découvre.

Au pied du trône auguste où siège l'Eternel,
L'Ange apporte en tremblant son hommage immortel ;
Son front décoloré peint ses douleurs profondes.
Avant de s'adresser à l'Arbitre des mondes,
Suppliant d'un coup d'œil les Prophètes divins,
De s'unir par leurs vœux aux brûlants Séraphins,
Pour toucher le Seigneur et fléchir sa colère :
Dieu vengeur des forfaits, dit l'Archange, ô mon Père !
Dans les heureux climats où naquirent les Lys,
Où l'arbre de la Croix fut planté par Clovis,
Le crime encor sans frein dans des cœurs qu'il égare,
Presse de tous ses vœux le retour d'un barbare,
Qui, sanglant de sa chûte, et meurtri sur l'écueil,
D'un parricide espoir flatte encor son orgueil ;
Et son cœur sans pitié, sa cruauté parjure,
Brûlent de tout tenter pour venger son injure.
Envain les rois ligués sont armés contre lui ;
L'insensé veut encor les braver aujourd'hui ;
Et, dût-il succomber, trahi par la victoire,
Toujours sur nos malheurs il a fondé sa gloire,
Et croit que notre sang, aux yeux de l'univers,
Doit, s'il ne règne encore, expier ses revers.
Traître à la foi jurée, il veut rentrer en France ;
Tout est juste à ses yeux pour servir sa vengeance.
Jamais il n'a connu que le droit du plus fort ;
Et s'il peut à son gré disposer de son sort,
Il va, sans s'effrayer d'en faire sa victime,
Pousser un peuple entier sur le bord de l'abime,

Et par d'autres fureurs forcer un Roi pieux
A fuir encor les lieux où règnoient ses ayeux.

Non, dit la voix de Dieu, je n'y mets point d'obstacles,
Allez! L'événement vous dira mes oracles.
Ma balance a pesé les crimes des mortels.
Bientôt vous les saurez, mes décrets éternels.
Oui, je dois à ma gloire un sanglant sacrifice;
Cieux et terre, tremblez d'irriter ma justice !
Un peuple à l'univers doit servir de leçon.
Dans quels affreux excès s'égara sa raison !
En faveur de Louis je bornais ma vengeance;
Mais l'audace du crime insulte à ma puissance ;
Mais parjure, infidèle au pur sang de ses Rois,
Et foulant à ses pieds le joug sacré des lois,
Le Français aveugle par l'orgueil du courage,
Ne peut plus se sauver qu'au travers du naufrage.

La voix du Tout-Puissant ébranla l'univers,
De la cîme des Cieux aux bornes des enfers.
A l'aspect des fléaux qui menacent le monde,
Tous les Saints sont frappés d'une douleur profonde;
Les cent Rois de la France, aux pieds de l'Eternel,
N'osent faire éclater leur chagrin paternel.
Un sourd mugissement, par la voix des oracles,
Murmura nos malheurs dans les saints Tabernacles.
Tout le Ciel dans l'attente a frémi d'écouter;
Les voix des Séraphins cessèrent de chanter ;
Les Chérubins tremblants, les Trônes se voilèrent;
Et sur les harpes d'or les Vierges s'arrêtèrent.

CEPENDANT sur les rocs de cette île de fer,
Qui jadis se forma des cendres de l'enfer,
Et dont vers les confins de l'antique Ausonie,
S'élève au sein des mers la côte rembrunie,
Du reste des mortels, séparé par les flots,
Le tyran, qui rugit dans les bras du repos :
Qui moi? moi dans l'exil, quand vingt ans la victoire
Eblouit l'univers des splendeurs de ma gloire?
Moi, sur un vil rocher, dévorer mes malheurs?
Moi, dit-il, y languir sans venger mes douleurs?
A jamais dépouillé de la grandeur suprême?
Les BOURBONS sur le trône, et moi sans diadême?
Ah! pour me délivrer de ce trouble importun,
Cherchons-leur des fléaux hors du cercle commun;
Et la France elle-même, à mon sceptre ravie,
Rendons-lui les horreurs dont ma chûte est suivie.
Mais quel crime choisir pour assurer mes coups?
Quel malheur déchaîner pour servir mon courroux?
Je ne sais quoi d'horrible, et d'une audace extrême,
Que je ne puis encor m'expliquer à moi-même,
Comme au sein d'un volcan qui s'apprête à gronder,
Se forme en mon esprit, s'attache à l'obséder.....
Dieux! que vois-je! Quel jour a frappé ma pensée?
Je tiens le trait vengeur de ma gloire offensée;
Je le tiens!.... Quelle ivresse, au comble du malheur,
De sentir ces élans, ces transports de mon cœur!
Combien je m'applaudis des meurtres dont la guerre
A vingt ans sous mes lois ensanglanté la terre!

Combien je suis heureux du sang que j'ai versé !
O quel soulagement pour mon cœur oppressé !
C'est par de tels exploits qu'exerçant mon courage,
J'appris à tout oser pour venger mon outrage.

Ses ordres sont donnés ; et bientôt loin des bords,
Où le guerrier farouche exhaloit ces transports,
S'avancent des vaisseaux montés par des rebelles,
Qui dans l'ombre ont caché leurs voiles criminelles.
Cependant, avec peine, ils quittent ces rochers ;
La rame est indocile aux efforts des nochers ;
La mer au loin frémit du fardeau qu'elle emmène ;
Le vent comme à regret leur prête son haleine ;
Et son souffle long-temps, loin des bords désirés,
Emporte les rameurs, dans leur course égarés.
La nuit double à leurs yeux l'épaisseur de ses voiles ;
Le pilote aveuglé cherche envain les étoiles.
Le jour, quand du rivage il espère approcher,
Soudain les flots émus l'empêchent d'y toucher ;
Et Dieu, propice encore à la France infidèle,
Permet aux éléments de combattre pour elle.
Mais, hélas ! quelquefois il suspend ses arrêts,
Pour mieux faire éclater la foi de ses décrets ;
Et c'est ainsi qu'enfin son courroux légitime
Guide au port les vaisseaux, chargés d'un si grand crime.

L'orage, qu'en son cours conduit la trahison,
Sorti du sein des mers, envahit l'horison.
Bientôt il a franchi les champs de la Provence ;
Il s'abat sur Lyon ; et son volume immense,

Qui chaque jour s'accroît de plus noires vapeurs,
Vient fondre sur Paris, où soudain ses fureurs
Forcent le Fils des Rois, que le crime environne,
A s'exiler encor sans sceptre et sans couronne,
Et, loin de la révolte, à travers les dangers,
A chercher un asyle aux climats étrangers.
Quel désastre a jamais fait couler tant de larmes?
Mais Louis est tranquille au sein de tant d'alarmes,
Son cœur inaccessible à l'effroi du malheur,
Sur le sort des Français, concentrant sa douleur,
Sans rien craindre pour lui des traits de la fortune,
S'occupe tout entier de la cause commune.

Ses gardes résolus à braver le trépas,
Pour défendre ses jours, se pressent sur ses pas.
C'est la fleur des enfants de ma triste patrie.
L'honneur qui parle seul à leur âme attendrie,
Trouve en eux des Français, et des preux d'autrefois,
Prêts à donner leur sang pour le sang de nos Rois.
Nobles soutiens des Lys, agréez mon hommage!
Vous les avez sauvés sous l'effort de l'orage;
Et des Francs vos ayeux, un dévoûment si beau
Fit tressaillir la cendre au fond de leur tombeau.
On dit qu'un laboureur, penché sur sa charrue,
Au bord de l'horison, dans les feux de la nue,
Vit l'ombre de Bayard, qui, renforçant sa voix,
Célébroit votre amour pour le Fils de nos Rois;
Et dans les champs féconds où la Somme serpente,
Tandis que rugissoit la révolte insolente,

4

Qu'aux yeux d'un voyageur, l'immortel Duguesclin,
Le front resplendissant dans l'ombre du matin,
S'écrioit, appuyé sur le fer de sa lance :
Gloire aux amis du trône, honneur à la vaillance;
Honneur au noble sang, incapable d'effroi,
Qui s'attache au malheur, et s'immole à son Roi !

Aux premiers bruits semés de la guerre civile,
Tout tremble, tout frémit; dans son vol indocile,
Le Phantôme aux cent voix, suivi de la terreur,
Court répandre en tous lieux, et le trouble et l'erreur,
Charge la vérité des malheurs qu'on redoute,
Fait un mélange affreux de la crainte et du doute,
Et prompt autant qu'habile à grossir les dangers,
Y joint incessamment des périls mensongers.
Partout le monstre agile, à des bruits infidèles,
Aux fables de la peur, doit des forces nouvelles;
Et plus la vérité répugne à ses récits,
Plus ils ont de faveur, et frappent les esprits.

Nouveau sujet d'effroi, dont tous les cœurs frémissent !
Tandis que dans Paris ces rumeurs retentissent;
Ainsi que du Pangée, ou des sommets d'Edon,
S'élançoit, sous le dieu qui troubloit sa raison,
La Ménade en fureur; telle, pâle, égarée,
Descend du Panthéon, une femme inspirée;
Et s'arrêtant au Louvre, où règne la terreur,
Elle exhale en ces mots le trouble de son cœur :
Que vois-je ? où suis-je ? où vais-je ? O puissance inconnue !
J'abandonne la terre, et plane sur la nue.

Quel climat vient s'offrir à mes yeux éperdus ?
Quels sont dans ces déserts, tous ces corps étendus ?
Dieux ! ce sont des Français ! ô désastres étranges !
L'hyver a dans le nord dévoré nos phalanges ;
Et sur ces champs affreux, la saison des beaux jours
Ne voit que des débris, reste impur des vautours.
Effroyable tableau !... Ciel, où suis-je emportée ?
Un fleuve roule au loin son onde ensanglantée ;
Et près d'un pont détruit, un désastre nouveau
Change pour nous la Saxe en un vaste tombeau.
Loin de ces bords sanglants, sur les monts de Pyrène,
Hélas ! quel est encor le pouvoir qui m'entraîne ?
Là, combien de cyprès parmi quelques lauriers !
Tous les champs y sont teints du sang de nos guerriers.
Mais quel fléau plus grand, tombé sur ma patrie !
Vainement vers le ciel, le sang de nos rois crie :
Leur sceptre passe encor dans les mains d'un sujet ;
Déchu de ses grandeurs, il remonte au sommet ;
Il triomphe !... A ces mots, l'infortunée expire ;
Et tout reste muet de l'effroi qu'elle inspire.

C'ÉTOIT l'heure où la nuit planant sur l'univers,
Plonge au sein du repos tous les êtres divers :
L'onde étoit sans courroux ; les forêts sans murmure ;
Et les hôtes nombreux qui peuplent la verdure,
Les peuples différents et des eaux et des bois,
Les habitants des airs, les hommes sous leurs toits,
Tous, dans un doux sommeil, sur la terre assoupie,
Oublioient le fardeau des peines de la vie.

Mais le tyran veilloit sous l'or de ses lambris ;
Et , dans son cœur troublé, de formidables cris,
L'arrachant aux douceurs d'un repos nécessaire ,
L'ont forcé de quitter sa couche solitaire.

Tels que Milton dépeint, dans ses vers inspirés,
S'assemblant aux Enfers, les démons conjurés ,
Quand, prêt à détrôner le maître légitime,
Satan les convoqua pour résoudre son crime;
Ainsi l'usurpateur, que fuit le doux sommeil,
Par un ordre soudain, rassemble son conseil,
Et pour nous imposer d'horribles sacrifices,
A l'instant veut avoir l'avis de ses complices.

Le chef des révoltés, sous des dehors trompeurs,
Affectant du mépris pour ses tristes grandeurs,
Et soigneux d'adoucir sur sa sombre figure,
L'insolence et l'orgueil qu'y grava la nature,
Dit, qu'en faveur du peuple, oubliant tous ses droits,
Pour vivre en citoyen sous le règne des lois,
Si tel est leur avis, désormais il n'aspire,
Qu'à guider aux combats les forces de l'empire,
Et qu'assez élevé par les faveurs du sort ,
Assez grand pour braver l'injustice et la mort,
Sur les débris épars du pouvoir monarchique,
Il consent à fonder la liberté publique.

Le sort s'est déclaré, dit un des factieux,
Et sur vos grands destins attache tous les yeux ;
C'est souvent un écueil, qu'une offre magnanime,
Souvent de ses projets, l'honneur fut la victime.

Gardez-vous, sur vos droits, d'hésiter aujourd'hui ;
Que la raison d'État soit en tout votre appui
L'utile est aussi loin d'une morale austère,
Que le feu de la glace, et le ciel de la terre.
Usez donc à propos de mesure et de poids ;
La Justice détruit la puissance des rois ;
Il faut un champ plus vaste au salut des couronnes ;
'La liberté du crime est le soutien des trônes ;
La puissance du glaive est toute leur raison.
L'Équité pour le peuple est toujours de saison ;
Mais du conseil des rois qu'il s'écarte et s'enfuie,
L'insensé qui sur elle incessamment s'appuie ;
Le trône et la vertu sont rarement d'accord,
Il n'est rien d'assuré que le droit du plus fort.
Votre unique retraite est le pouvoir suprême ;
Pour vous point de salut, que sous le diadême.
Eh quoi ? Craindriez-vous, pour sauver vos honneurs,
D'armer encor vos mains du glaive des vainqueurs ?
La victoire absoudra vos exploits magnanimes,
Et passant avec vous sur ses tristes victimes,
Voilant à tous les yeux ces funèbres tableaux,
Sous d'immortels lauriers cachera leurs tombeaux.
Oui, Seigneur, j'en atteste et les palmes d'Arcole,
Et vos drapeaux plantés aux murs du Capitole,
Et, des portes du jour aux bornes du couchant,
Sur vingt trônes conquis votre essor triomphant,
Vous saurez, plus terrible et rival du tonnerre,
Rallumer dans vos mains les foudres de la guerre,
Franchir tous les écueils semés sur le chemin,

Rendre encor son prestige à l'homme du destin,
Accroître son éclat d'une gloire nouvelle,
Braver des rois jaloux la ligue criminelle,
Et si votre courroux ne les plonge au cercueil,
A recevoir la paix contraindre leur orgueil.
Allez donc, élancé loin des routes vulgaires,
Allez, toujours plus grand, sur ces rois téméraires,
Qui relèvent leurs fronts sous la foudre abattus,
Venger et nos malheurs et vos droits méconnus.
Victorieux des rois, vous pourrez tout en France;
Je ne vous flatte point d'une vaine espérance;
Et vous avez appris par vingt ans de bonheur,
Que l'éclat d'un grand nom suffit à sa faveur.
Mais, pour l'assujétir à des formes certaines,
Continuez, Seigneur, de lui donner des chaînes,
Et toujours lui traçant la règle du devoir,
D'asservir son génie aux ordres du pouvoir.
Quel peuple dans ses goûts fut jamais si mobile?
C'est à vous de fixer son humeur indocile.
Il faut pour son bonheur l'attacher à des lois,
Qui, constantes pour lui, ne soient point à son choix.
Il bâtit au matin ce qu'au soir il renverse;
Enchanté d'un vain bruit, dans l'erreur il se berce;
Et semblable à l'enfant qui court à l'horison,
Pour y saisir l'objet de son illusion,
Habile à se former des chimères brillantes,
Prodigue à leur prêter des couleurs séduisantes,
Il s'enivre lui-même, et sans cesse poursuit
L'image qu'au hasard son caprice produit.

Amoureux de l'éclat, il est né pour la gloire,
Il est fier d'occuper le burin de l'histoire;
Mais de ses passions composant son bonheur,
Ne voit rien qu'au travers de leur prisme imposteur;
Et de ses vœux sans borne esclave involontaire,
Tous les biens qu'il n'a pas, ont seuls droit de lui plaire.
Ayez pour lui, Seigneur, dans vos nobles projets,
Le calme et la raison, qui fondent les succès;
Et vous allez le voir, fier encor de ses chaînes,
Obéir en aveugle à vos lois souveraines.

La, tandis que l'esclave, impudent discoureur,
Suoit à prodiguer ces conseils de l'erreur,
Un prodige effrayant, et qu'à peine on peut croire,
Soudain glace d'horreur le servile auditoire :
Devant eux, sur un char, où le meurtre est monté,
Leur chef, par la Discorde, à l'instant est porté;
Et le tyran, suivi du monstre de la guerre,
De la pâle Fureur, son effroyable mère,
Sous un ciel sillonné de foudres et d'éclairs,
Tel qu'un noir ouragan qui roule dans les airs,
Avec tous les fléaux qui forment son cortége,
Court, s'arrête, et descend aux campagnes du Belge.

Ses guerriers l'attendoient; là, leurs fiers bataillons
Avoient au loin planté leurs nombreux pavillons.
Son cœur à leur aspect s'énivre en espérance,
Du sang qui va couler pour servir sa vengeance.
Dans ses projets affreux, rien ne peut l'ébranler;
Il n'a point de remords, qu'il leur doive immoler;

Et pour séduire encor, quel manége homicide !
Il se montre aux soldats , doux, affable, intrépide,
Les flatte de l'espoir de venger leurs malheurs,
De ceindre encor leurs fronts du laurier des vainqueurs ,
Et leur soufflant à tous son aveugle furie ,
Leur fait voir en lui seul la France et la patrie.

Bientôt il a donné le signal des combats.
Dieux ! Va-t-il recevoir, ou donner le trépas ?
Va-t'il ravir encor les palmes de la gloire,
Ou tomber à jamais du char de la victoire ?
Saura-t-il s'entourer de ces vives lueurs,
Qui charment la fortune , et fixent ses faveurs ?
Non , l'audace et l'orgueil aveuglent son génie ;
Et l'insensé qui croit la victoire asservie ,
Laissant à ses rivaux les ressources de l'art ,
Livre sa brave armée aux chances du hasard ;
Aux chefs des ennemis, que la prudence éclaire ,
N'oppose que l'élan d'une ardeur téméraire ;
Et sur des points divers égarant tous les corps ,
Des forces de l'ensemble, il prive leurs efforts.

Cependant leur valeur, leur superbe courage,
Toujours inébranlable au milieu du carnage,
Brave tous les dangers, affronte tous les feux,
Que sans cesse allumé, l'airain vomit sur eux ;
Et dans le noble essor qui partout les entraîne ,
Arrête sur leurs pas la victoire incertaine.
Mais que peut un grand cœur , par la force accablé !
Sur le brave qui meurt, le brave est immolé,

Les gardes du tyran, les Vainqueurs de la terre,
Sont percés à leur tour des flèches du tonnerre;
Ils tombent ces guerriers, dont sous tant de climats,
Le nom seul fit souvent le destin des combats;
Ils tombent foudroyés sans perdre de leur gloire.
Hélas! soigneuse encor d'illustrer leur mémoire,
Contre la loi du sort, fidèle à leurs drapeaux,
Rougissant de passer sous des maîtres nouveaux,
Tout le jour, la Victoire a marché sur leur trace;
Et, comme s'il eut craint d'éclairer leur disgrace,
Abrégeant le long jour, qu'il doit à la saison,
Le soleil, avant l'heure, a quitté l'horison.
Enfin, de toutes parts, la foudre les embrase;
Sous ces feux concentrés, l'ennemi les écrase;
Mais, tandis que la mort, sur ces fiers vétérans,
Qui sans cesse immolés, toujours pressent leurs rangs,
Par cent bouches d'airain, tonne, éclate et dévore,
Au comble du malheur, telle est leur gloire encore,
Tels, les grands souvenirs, dont ils sont escortés,
Qu'attendri du destin de ces cœurs indomptés,
Le Vainqueur les convie à déposer les armes.
Mais tous supérieurs à l'effroi des allarmes,
Le Français, disent-ils, meurt, et ne se rend pas;
Et ces mots sont pour eux l'arrêt de leur trépas.

Mais que dis-je? ont-ils donc des droits à mon hommage?
Puis-je encor leur offrir la palme du courage...
Ah! si leur sang versé coula pour des erreurs,
Combien d'autres aspects pour toucher tous les cœurs!

5

Ils sont morts en héros ; et ces grandes victimes,
En tor* *anta vec gloire, ont expié nos crimes.
Sans doute, il est trop vrai que leurs exploits fameux
Servoient l'usurpateur, qui triomphoit par eux ;
Mais qui pourroit encor leur garder sa colère,
Lorsque sur leur écueil, nous retrouvons un père ;
Lorsqu'un jour plus serein, luisant enfin sur nous,
Doit laisser tous les cœurs sans fiel et sans courroux ;
Lorsque Louis lui-même, oubliant ses injures,
N'a point de châtiment pour punir des parjures ;
Lorsque dans tous, son cœur sans haine et sans détour,
Ne veut voir que des fils, rendus à son amour ?

Hélas ! nous sommes tous, plus ou moins coupables.
Quels cœurs sont assez purs pour être inexorables ?
Mais, s'il en est, grand Dieu, qui soient assez heureux,
Pour n'avoir point failli dans ces jours désastreux,
Inspirez-leur encor, quand la France est tranquille,
De souffrir que les morts aient aussi leur asile.
Leur nom d'ailleurs, leur nom, sous les crêpes du deuil,
Exempt sur leur tombeau des ombres du cercueil,
N'est-il donc pas aussi, de leur gloire funeste,
Le seul gage éloquent, le seul bien qui nous reste ?
Que serions-nous encore, aux yeux de l'univers,
Si, tombés de si haut sous le poids des revers,
Nous n'avions leurs exploits, et leur noble mémoire,
Pour attendrir sur nous la muse de l'histoire,
Pour fléchir ses pinceaux, adoucir ses couleurs,
Et de son œil sévère arracher quelques pleurs ?

Oui , dans la nuit des temps , je l'entends qui s'écrie :
Leur Valeur fut vingt ans l'orgueil de la patrie ;
Et c'est par elle encor, que grande en ses malheurs ,
Elle a pu défier le mépris des Vainqueurs.

O Louis , ô mon Prince , auguste et tendre père ,
C'est rendre un digne hommage à ton grand caractère ,
Que d'oublier ainsi qu'ils étoient criminels ,
Et d'honorer leur mort par des pleurs fraternels !
Non , ces larmes pour toi ne sont point un outrage :
Toi-même , en gémissant, admiras leur courage ;
Et tu gémis encor, tu les plains , ô mon Roi ,
D'avoir , quand ils devoient se fier à ta foi ,
Ravi par leur trépas , à ton âme attendrie ,
Le bonheur de les rendre aux vœux de la patrie ,
Et par des nœuds sacrés , sous des titres plus beaux ,
De rattacher leur gloire à tes nobles drapeaux.
Guerriers infortunés , qu'appeloit sa tendresse ,
Dont son âme indulgente eut excusé l'ivresse ,
Oui, j'ose l'attester, en jurer par son cœur ,
De votre repentir il eut fait son bonheur ,
Hélas ! pourquoi faut-il , que le sort vous sépare ?
Il vous eut consolé des fureurs d'un barbare ;
Et tous sous son empire , où règne la vertu ,
Vous l'eussiez adoré , quand vous l'auriez connu.

Des conseils de l'erreur , déplorables victimes ,
Voyez pour consoler vos ombres magnanimes ,
L'auguste fils des rois , qu'ont chéris vos ayeux ,
Réparer nos malheurs , et combler tous nos vœux ;

Voyez sous son empire, après tant de disgraces,
La Concorde et la Paix triompher sur ses traces,
La Vertu refleurir par ses soins paternels,
La loi de Dieu rentrer dans ses droits éternels,
Les arts, tous les talents, dans leur sphère agrandie,
Signaler sans écarts, leur marche plus hardie ;
Et sur leur base antique affermissant nos lois,
L'honneur nous retremper dans l'amour de nos rois.
Oui, j'ose l'affirmer, et ma voix attendrie,
Ne rend qu'un juste hommage à ma noble patrie,
L'amour de nos devoirs pourra tout sur nos cœurs :
Quel peuple a plus que nous le sentiment des mœurs,
L'instinct de la bonté, le goût des convenances,
L'esprit des procédés, l'amour des bienséances ;
Et quel autre en ces jours d'éternelle douleur,
Où l'audace sans frein régnoit par la terreur,
Où son ordre en vertus transformoit tous les crimes,
Se fut encor montré sous des traits si sublimes ?
Le père, au lieu d'un fils, qu'il cachoit aux bourreaux,
Alloit porter sa tête au fer des échafauds ;
Le fils, à son printemps, s'y livroit pour son père ;
La sœur, au champ du meurtre, accompagnoit son frère ;
Pour sauver un époux des fureurs du plus fort,
L'épouse a quelquefois souffert plus que la mort ;
Et souvent, pour mourir à côté de sa mère,
La vierge a des bourreaux imploré la colère,
Enfin, que de Français, dans ces affreux moments,
Ont osé, sans pâlir, à l'aspect des tourments,
Pour rendre hommage au Roi, que pleuroit la patrie,

D'un tribunal de sang braver la barbarie !
Ah ! si nous avons pu, dans ces jours abhorrés
Conserver à l'honneur des titres si sacrés,
Que ne ferons-nous pas, sous un ciel plus propice,
Sous le règne d'un PRINCE, ami de la justice,
Qui du respect des lois se faisant un devoir,
Trop grand pour aspirer aux abus du pouvoir,
Digne en tout d'honorer un si beau diadème,
Fait du bonheur de tous sa volupté suprême.

FIN.

AMIENS. — De l'Imprimerie d'Auguste CARON.

HISTOIRE DE LA GUERRE D'ESPAGNE, ou *Étrennes à nos Braves.* — Résumé de la Campagne de la Péninsule, en 1823; de la conduite politique et militaire de tous les personnages célèbres qui y ont joué un grand rôle, et enfin des anecdotes, traits de grandeur d'âme, et d'héroïsme qui se sont faits remarquer du PRINCE ILLUSTRE qui les a dignement récompensés. Le tout entremêlé d'aperçus sur les mœurs des Espagnols; terminé par les poésies auxquelles la paix a donné lieu, et par la liste des Braves qui se sont distingués. Un gros vol. in-18 de 450 pages, orné d'une gravure et d'une Carte d'Espagne. Prix; 2 fr. et franc de port. . . . . 3 fr.

N. B. LL. AA. RR. Mgr le DAUPHIN, Mme la DAUPHINE, et Mme la duchesse de BERRY, ont daigné souscrire à cet ouvrage pour un grand nombre d'exemplaires.

Religion et Bonheur. Dédié à S. A. R. Mme la Dauphine, par feu De la Haye, bâtonnier de l'ordre de MM. les Avocats. Avec cette épigraphe :

Chose admirable ! la Religion chrétienne qui ne semble avoir pour objet que la félicité de l'autre vie, fait encore notre bonheur dans celle-ci. MONTESQUIEU, liv. 24, ch. 23.
Un fort vol. in-18. Prix : 2 fr. et franc de port . . . . . . 3 fr.

Épitome de l'Histoire des Papes; depuis St. Pierre jusqu'à nos jours; avec un précis historique de la vie de Sa Sainteté le pape Pie VII; (Grégoire-Barnabé-Chiaramonte), depuis son élévation au trône pontifical, jusqu'à sa mort; orné d'une gravure représentant sa Sainteté en prière au tombeau de Sainte Geneviève. 2e édition, 1824. Ouvrage élémentaire à l'usage des jeunes gens. Suivi d'une table contemporaine des Empereurs et Rois chrétiens. Un vol. in-12. . . . . 1 fr. 50 c.

Notre intention n'a pas été seulement de réimprimer un livre utile à ceux qui étudient l'histoire ecclésiastique, nous avons encore eu celle de faire une bonne œuvre, en consacrant le bénéfice de la vente de cette édition à de jeunes élèves qui reçoivent dans une maison de Trapistes, une instruction monarchique et religieuse. — Nous savons qu'on ne fait jamais en vain un appel à la générosité des âmes pieuses et charitables; c'est pourquoi nous espérons d'avoir de nombreux coopérateurs à la bonne œuvre que nous avons entrepris de faire.

Œuvres inédites de Chrétien-Guillaume Lamoignon-Malesherbes. Avec cette épigraphe :

Son nom sera toujours chéri par les Français.
1 vol. in-12; orné du portrait de Malesherbes; 2e Édition. 1 fr. 50 c.